KB238286

소프라노의

딸

소프라노의 똥

박 정 규 시

아그리파의 표정
음영을 분간해내는 일이
수월치 않다
닮지 않겠다면서
닮아가니,

어서 발을 돌려야겠다

한국학술정보㈜

아그리파의 표정
음영을 분간해내는 일이
수월치 않다
닮지 않겠다면서
닮아가니,

어서 발을 돌려야겠다

차례

2부
진흙이야기

4부

카스트라도가 될까, 떨어진 것들

1부

정념에는 색깔이 있다

문자조립

자음과 모음 건져서 엮다가
시옷 옆에 이를 세웠다
아, 시로구나
시옷 옆에 아를 세우고
리을 옆에도 아를 세워
마주보게 했더니
아, 한 쪽은 받침이 필요하구나
미음을 받쳐야할까
이응을 넣어야 할까
뒤뚱대다가

자음과 모음만으로는
시가 되는 것이 아니로구나
받침 없이는,
사랑일 수가 없구나
그렇구나

사람아,
무엇이 너를 받쳐주고 있는지
누구를 받쳐준 적 있는지

일기(日記)

고맙구나, 맺어온 관계들아
돋다가 떨어진 것들아
떠오르다 가라앉은 것들아
속에서 솟구치던 것들아
이제는 잠들어버린 것들아

입맛을 잃어 먹지 않고 있다가
침침한 자정을 넘겨 술 몇 잔 마시다가
밥 한 그릇 밀밀하게 물에 말아 삼키다가
고맙구나, 고맙구나 살아있는 것들아
되뇌다가 문득,

목이 메어져오는 것으로 마감한 하루

이끼의 연정

속에 뭘 하나 품고 보니 싱겁다
상심 맛보게 될 것이 뻔해서

여러 번 헤쳐졌던 자리, 그 껍질
두꺼워진 줄 알고 있는데
틈새에 또 무엇이 비집고 들어왔다
사소한 스침이 지나간 자리
다시 돋아나오면 그 뿐
아무렇지 않을 수 있었는데
비집고 들어온 이것에게는
촉각 곤두세우는 꼬락서니도 우습다

덮여 칙칙해져버린 이끼일 뿐인데
속에 끈적대는 뿌리를 품다니

묵언수행(默言修行)

붙들고 있던 모든 것에
손 놓기로 한다
숨 들이마시지 않는 것 같은데
기억 속에 스며든 것들
털어지지 않는다

붙어 있고 싶어서일까
올올이 돋는 것들
녹아버리게 될 것을 받아들이며
묵언수행을 시작해야겠다
들러붙어있고 싶던 형상 스러지고
호흡도 잔잔해지는 어느 날
몇 개의 사리를 품게 됐는지
헤아려봐야겠다

흔적 지우기 2

다시는 떠올리지 않는다
그냥 잠들어도 아무렇지 않고
관계성이라고 부르던 노골적 직유,
그 얽매임만 들여다본다

매듭 엮지 못하게 된 마음의 끈 삭았고
고개 흔드는 바람이라도 불면
보란 듯 툭툭, 끊어져나간다

사람 좋게 웃고 간 귀머거리 장님
반짝이는 것에만 넋 빠져 눈 멀겋게 떴다
울림은 품으려 하지 않았다

움켜쥐려던 이 주먹 작아져버렸고
다시는 채우려하지 않는다

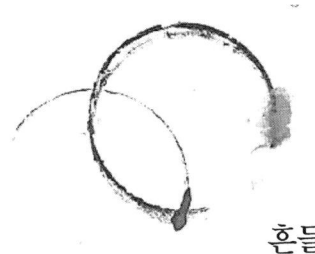

흔들림 속에는

함께 녹아 흐르던 강물 위에
휘젓는 바람 닥쳐왔다
일어선 출렁임의 언저리에는
시시때때마다 다른 곳을 겨누던
손짓의 흔들림이 비쳐졌다
예측 못한 촉수가 돋아있었다
찌르듯,
잘게 부서진 파장 흩어짐 속에는
작고 흔한 자기의식 자기고집
받아들이지도 섞이지도 않겠다는
허영의 열등감이 반짝이고 있었다

붙들려 있음

뭐가 들러붙어 있다
공연히 머쓱해져 긁적거려본다
칙칙 감겨버린 느낌이어서
홀가분하지 않다
손가락 털듯 떨어뜨려보아도
이런, 또 일어나는 정전기
돌이키지 않으려
빠르게 걷는 바짓가랑이까지
걸음에 들러붙는다

누구를 한 사람 마음에 담고
밖에 보이지 않으려
손가락 흔들어 터는 시늉이 이렇다

질문, 더 가야하는지에 대한

여기까지 오는 동안 꽤 많은 교차로를 거쳤다는 것이다
헛바람 곁눈질로 흥얼거렸어도 팔 벌리고 가로막는 것들에
게는 급정거로 핸들 내리치며 빵빵거렸다는 것이다 치맛자
락 말아 올린 것은 유심히 살펴보지 않았다는 것이다 살랑
거리며 짜릿해하는 까닭도 묻지 못했다는 것이다 늘 다른
모습일 것이라는 반짝거림에 흘끔대지 않을 자신은 없었다
는 것이다 그냥 눈만 껌뻑대며 초록화살을 따라가야 했다는
것이다

마주쳤던 일들에게 이제는 고개 끄덕일 수 있게 됐다는
것이다 그런데 아, 저런, 무심한 비보호좌회전 신호를 다시
만났다는 것이다 맞은편 차로에서는 여전히 비범한 상향등
이 번쩍였다는 것이다 그 심상치 않음에 또 침을 꼴깍 삼키
고 있다는 것이다

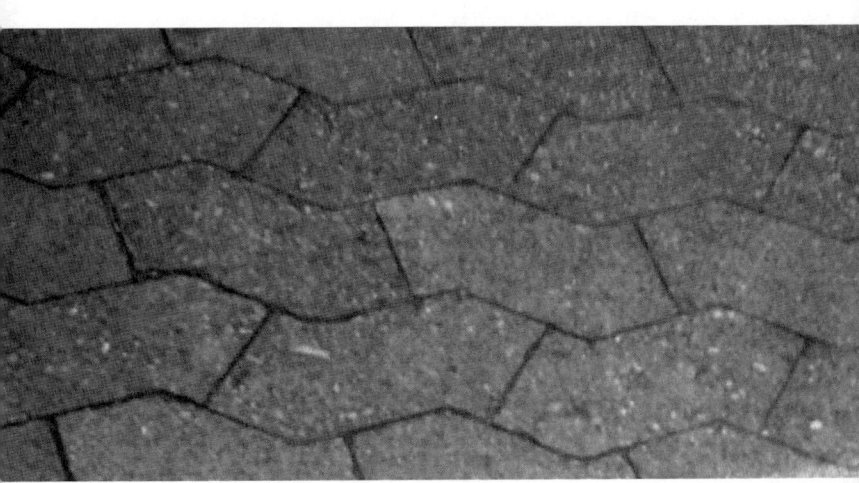

우리의 멍에

지금쯤 잠들었을까
바람 부는 소리 잦아든다
달빛이 무너지고 있다
지우개 몇 번 기억 속을 스쳤는데
또 스며들어 오는 가을
몇 방울 물기라도 떨어지면
서리처럼 엉겨 붙을 것들
흩어지지 않을 것들

바람소리, 저 무너지는 달빛 아래
널어놓기조차 여의치 않다

가끔은 나도

돌아버리고 싶을 때가 있다니까
아무것도 아랑곳 않는 이 낯짝
후려갈기면 좋겠다는 생각을 한다니까
살아 있으니, 한 번씩 지르는
비명으로 여겨도 된다지만
글쎄, 이 터무니없음,
낯설어서 죽겠다니까
게다가 갖은 똥 폼까지 다 잡는 허세라니
프로도 아닌 것이 도사인 척
골 텅 비어있는 것이 선각자인 척
에라이, 씨팔, 좆까지 마라, 욕해대고 싶어도
고상한 척 또 폼은 잡아야하니 차마
헛바닥을 밖에까지 토해내지도 못하고

그래서 그냥,
가끔은 돌아버렸으면 좋겠다니까

정념에는 색깔이 있다

턱수염에 겨울이 섞여버렸다
면도날을 바꿨다
돋아난 흰 눈 뿌리 끝을
말끔히 밀어내며 콧노래 부르다가
이런, 또 방심하고 말았다
무심코 내보인 동맥줄기 가볍게 베어졌다
곤두박질하는 소리가 났다
아직도 당조짐 할 줄 모른다며 마음이
쏟아지고 흔들려졌다

힘껏 끌어안지도 못하면서
들끓음도 매달림도 아니면서
붉게 번져버린 이 엉뚱한 흔적

*당조짐 : 채비, 단속 등의 뜻을 지닌 말. 흔히 쓰는 일본말로 '단도리' 라는
　　　말이 있다.

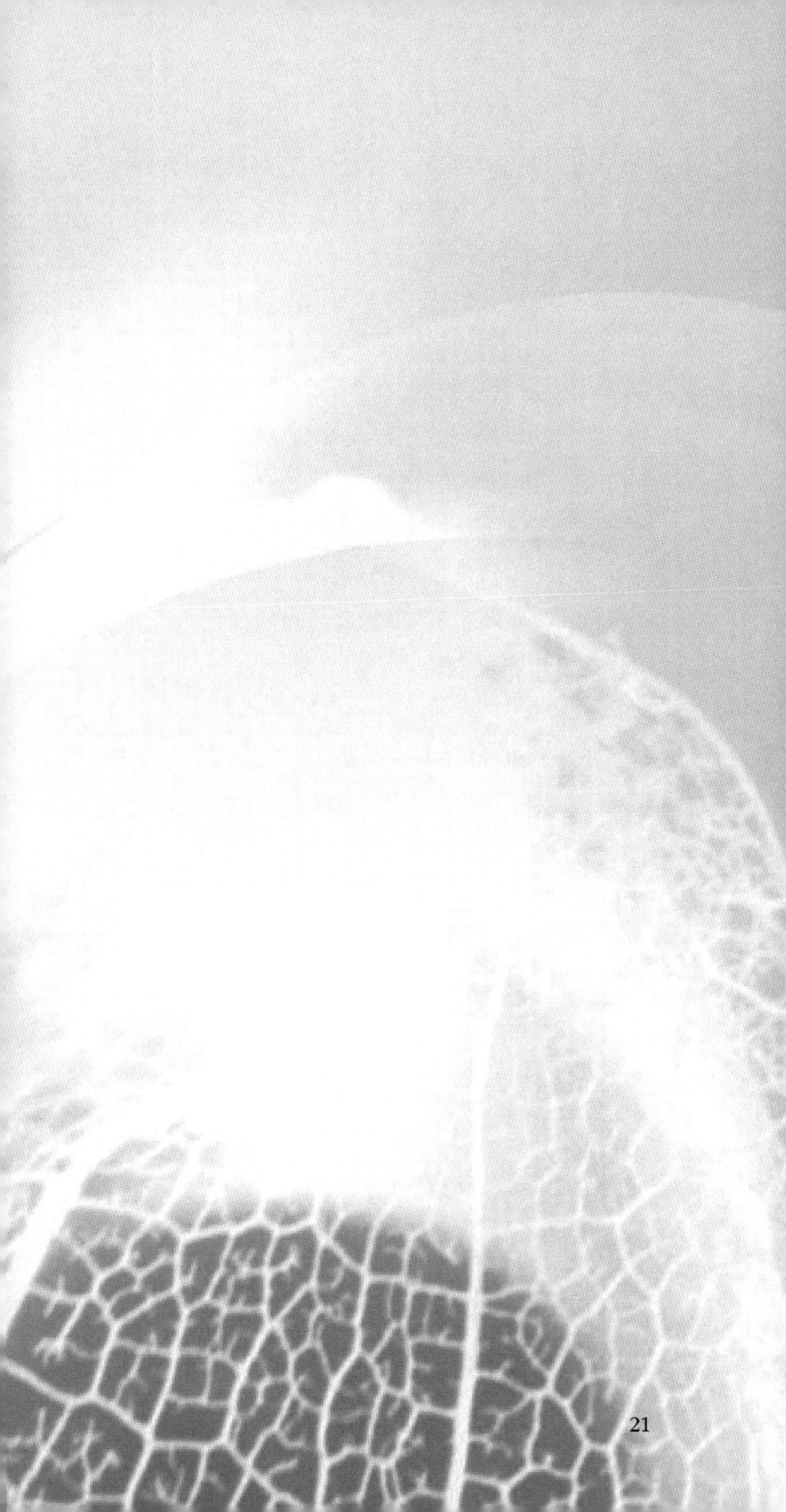

그럭저럭 몇 년

기우뚱 살다보니 뭐,
대수로울 게 정말 없다

앞에 가는 성성한 아낙네
다 드러낸 허벅지에도 무덤덤하고
허기지면 먹고 건너뛰기도 하고
제 핏줄들 잘 챙기라는 소리 들리는 듯하면
알았어, 대답하고 아, 그건 아니었나
걱정되면 다시 와서 챙겨주면 될 거 아냐
하늘에 대고 불뚝거렸나

잠든 것들 엉덩이 한 번 툭, 치고
베란다에 나와 앉는다
소주를 한 컵 따르는데 덤벼들어
부서지는 달빛
그 눈짓을 닮아 눈 시리다
턱없는 물기를 만든다

사람을 품고 놓지 않는 일이 이렇다
그럭저럭 몇 년,
잘 견딘 줄 알았는데

가을 갈대

헛바람에 등줄기 출렁일 때는 제법
파르스름한 맵시였다는데
물기 빨아대는 햇살 눈짓을
쓰다듬음의 감각으로 느끼면서부터
그 어루만짐의 시늉 앞에
속이 탔고 담금질이 시작됐고
돌이켜지지 않을 나락을 예감하며
얼굴 누르스름해졌다는데

나무이기를 고집하던 이 지겨움
흔들어버린 것에게 결국
속내 드러내야만 했다는데

풀잎이었다고
누렇게 들떠도 할 수 없다고
끝내 기둥이기를 포기한 까닭,
강바람 타고 온 햇살의 기이한 살랑거림에
흔들려버린 때문이라고

계절 바뀌는 동안

잘 견뎌냈다
얼굴 잔주름 좀 늘었다
보는 눈길, 다를 수 있다,
인정하고부터 거기
굴곡이 멋대로 패이기 시작했다

시야에 넣는 초점의 간격
점점 멀어지고
서로 무엇을 자꾸
빠트리는 듯하지만
포기를 인정하고부터
훤해지는 머릿속

2부

진흙이야기

어떤 질문, 꽃에게

　몇 끼쯤의 금식(禁食)으로 세상의 모든 굶주림을 다 알아버렸다는, 듣지 않는 귀에 쏟아 부으려 애쓰던 그 헐떡임을 꽃아, 아기별꽃아 이제까지 네가 들여다보고 있었지?

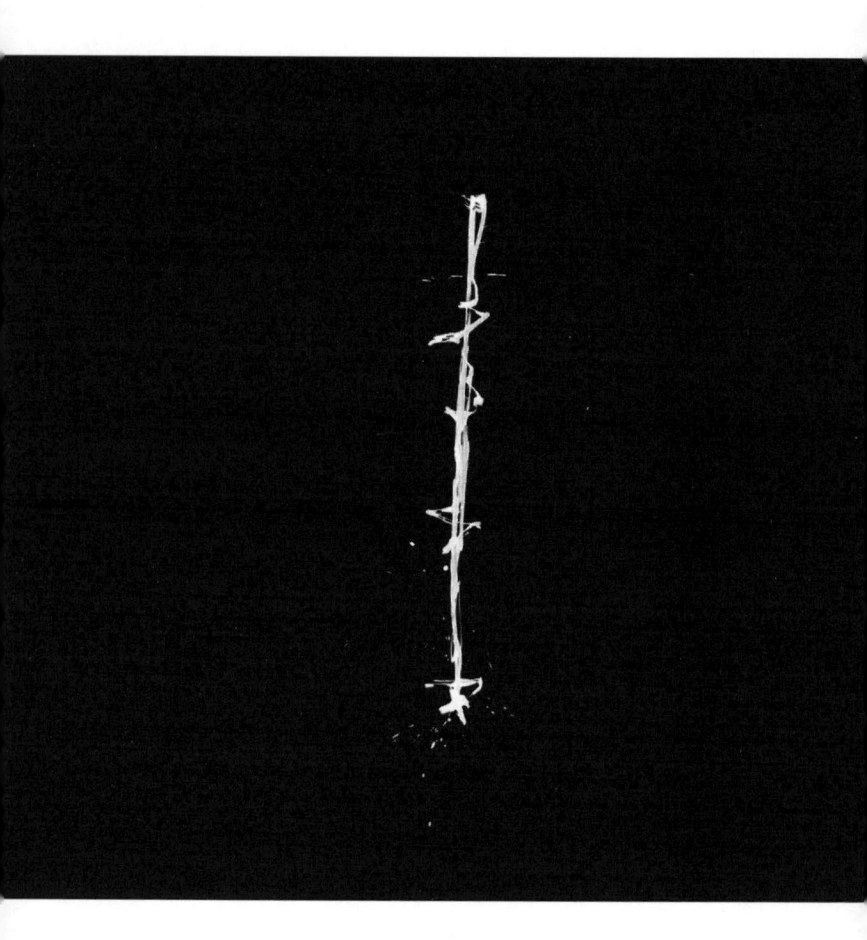

의지와 표상으로서의 세계

날개 꺾임 아랑곳 않는
비상(飛翔)의 터무니없음을
생겨먹기의 이 어찌할 수 없음을
도대체 알 수 없다는 것이다
튀어 오르기나 할 뿐
솟아오를 줄은 모르며
목젖 불룩대기를 잘하는 양서류는
고개조차 끄덕여주지 않겠다는 것이다

회상

_젊은 날의 주일예배 풍경 스케치, 설명서를 부착한

1.

음성은 우렁차며 낭랑했다.
몸짓은 매력적이었다.
메시지는 확신에 차 있었다.
난 또 감동했다.
―아아, 하나님의 나라여.

앞자리에서 사람들은 열심히 받아 적었다.
주보(週報)의 빈칸에 촘촘히 적히는 글씨들.
그 겨자씨가 정녕 그들을 구원했을까.
겨자씨로 치장한 것들이 화장실 바닥에서 휴지통 앞에서
마당에서 춤을 췄다.
스산한 바람 덩달아 펄럭였다.

2.

미처 뿌리내리지 못한 풀들.
메말라 가는 것을 깨달으려고도 하지 않았다.
햇살 비춰지면 눈부신 듯 고개만 숙였다.
누가 밟고 간들 비명조차 지르지 못했다.
불거진 손가락마디는 기름진 목소리들이 청하는 악수가
버거울 뿐이었다.
―하하, 반갑습니다.
―네, 안녕하시군요.

3.
　　정녕 구원은 무엇이었을까.

　　음성은 우렁차며 낭랑해서 환했다.
　　몸짓은 매력적이어서 신기했다.
　　메시지는 확신에 차 있어서 믿어야했다.
　　누군가 찾아나서는 일이라고,
　　어루만져 주는 일이라고,
　　쓰다듬어 일으켜 세워주는 일이라고,

　　안에서는 여린 풀들의 비명이 이어졌다.
　　자꾸 돋는 진땀의 끈적거림은 괴로웠다.
　　—아아, 사람아.
　　그리고 궁금했다.
　　꿈속에서도 진땀을 흘려야했던 까닭.

　　그때 내가 잘 할 수 있는 일은 무엇이었을까.
　　무관심이었을까, 엉뚱한 집중이었을까.

질문, 우포늪에 핀 자운영 앞에서

그 교묘한 혀 놀리지 말고 잘 봐!
늪 귀퉁이에 핀 꽃이야

다시 묻겠는데,
정말 사람이 꽃보다 아름다워?
그렇게 믿어?
겟세마네에 떨어진 땀방울의 흔적
쓰다듬어보기는 했어?

새벽기도

질그릇 등잔에 불을 피운다
소리 없는 눈물로 기름을 붓는다

그 전의 내 눈물은 향유가 아니었다
한 개의 훈장을 위한 전쟁을 치르며
아픈 세월 속을 달리던 사람아
참으로 부끄러움은 눈물 없었음과
참으로 슬픔은 울지도 못함이었던 것을

다시 불을 켜자 바람이 불고
그 안간힘이 펄럭일 때마다
겟세마네를 생각하는 딱한 사람아

쓴잔을 받으심은

묶인 매듭 풀기 위함이셨지요. 광야에서 겟세마네에서 골고다에서 목마르셨지요. 온 밤을 지새우며 흘린 그 진땀은 피 흘림이셨지요. 매달린 그 몸, 물과 피가 다 터질지언정 사람 사랑하는 일은 끝내 멈출 수가 없으셨지요. 단절의 외로움는 '엘리 엘리 라마사박다니' 라고 부르짖으셨지요.

이 마음의 깊은 곳을 들여다보시는 분. 이 세상의 세계를 향한 욕심의 감춰진 몸짓까지 다 알고 계시는 분. 그렇게 기꺼이 쓴잔을 받으신 분.

진술서

_하비 콕스를 읽다가

놀라운 발견이다
과연 나는 시대에 뒤떨어진 자라는!

이 세상의 세계가 요구하는 것은
단순, 명쾌, 찰라, 무 인식이라는데
이게 최첨단 지향 방식이라는데
무뎌진 대로 살아보기나 할 걸
그나마 감각은 죽이지 않으려고
숨이 턱까지 찼는데
그 정도쯤은,
무슨 심각한 자의식도 아니었다는데
또 뭐라 했더라, 무관심이 죄라?
금방 잊어먹기야 하겠지만
한편으로는 엄청 죄짓고 산다는 이 기분은
또 뭐란 말이냐

눈 열어도 보이지 않고
귀 열어도 들리지 않던 노래

'라라 파비안' 을 들었고
'하비 콕스' 를 읽었고
여름 가을 겨울이 갔고
봄은 어디에도 없고

*라라 파비안(Lara Fabian, 1970~)
벨기에 출생의 캐나다 팝 가수. 브뤼셀 왕립음악원에서 성악을 공부했다. 클래식한 창법으로 부른 Adagio 등의 히트곡이 있다.

*하비 콕스(Harvey Cox, 1929~)
미국의 신학자, 사회학자. 『The secular city』등을 비롯해서 학계에 영향을 끼친 여러 저서가 있다.

진흙이야기

광야에 누워 눈을 맞을 때도
덮을 것은 필요치 않았다
보이고 느끼는 것이 다 깨달음일까
궁금하기만 했을 뿐
심심찮게 부는 회리바람 앞에
티끌처럼 부푸러기처럼
속내 흩어놓으면서도
언제 형상을 가질 수 있을까
빚어지기를 기다리는 것
포기하지 않았다

쩍쩍 금 간
질그릇 뚜껑이 된다한들

나의 전쟁과 사랑 2 (歪曲)

허위는 정의가 되고,
정의는 자기가 진실이라 말한다
만세! 우리의 정의와 또 다른 진실을 위하여!
부끄러운 한 낮이다
저 바벨의 언덕처럼 지금은 아주 이상한 언어
허위도 잠들고,
정의 혹은 진실도 잠들기는 할까
고개 끄덕이며 손 내밀어주며
속옷자락이라도 찢어내어 이마의 진땀
가만히 닦아줄 수 있으면 좋으련만

모르는 자가 말한다
알고 있다! 알고 있다! 다 알고 있다!
볼 줄도 모르는 자가 따라한다
보았다! 보았다! 다 보았다!

침 튀기며 흙길 자갈길 걷기도 전에
옷자락 먼지부터 털어내는데
그걸 분별해 볼 감각까지 사라졌으니
이상하다, 이상한 뒤뚱거림이다

나의 전쟁과 사랑 3.

1.

흙 구멍 속에서 나올 줄 몰랐다 젖은 그물에 갇힌 두더지
였다 햇살을 갈망하면서도 만끽하는 습관을 배우지 못한,
두려워했을지 모르는

2.

갖지 않겠다고 했지만 사실은 소유하고 싶었다 온 몸으로
껴안으려다가도 한 번의 입맞춤이면 목이 메었고 이런 매달
림과 넘어서야 하는 것들을 생각하다가

3.

미련 따위는 버리기로 결심했으니 쉽게 늙어갈 수 있을
것이다 품고 있는 낡은 수첩을 가끔 들여다보기는 하겠지만
깊이 감추는 것쯤은 아무렇지도 않게 여기면서

존재로서의 기도

마음에 스며들어 안주해버린 이 조용한 무관심 깨트려버릴 수 있기를

나를 위한 피 흘림 두려워하지 않으셨고 뼈 속까지 그 사랑의 혼적 침투시키셨으니 당신은, 완악한 이 마음의 깊은 곳까지 지켜보고 계시리

편지

시 쓰는 일은
안타까움이라고 애달픔이라고
깨어 있으면서,
잠들지 못하는 뒤척임
들을 수 있어야한다고
소곤거리며 끈끈하게 녹아 붙으며
심금 건드려대는 글자들에게
몸 내주고 들러붙어 시달려보라네
끌어안고 뒹굴며 쓰다듬어보라네
살에 붙은 군더더기 욕심
부르트도록 문질러 벗겨내면서

추산상사(秋山相思)

山 목소리 작아져 바짝 다가섰더니
푸르던 등허리 누르스름 수척해진 까닭
삭혀서 쌓아놓았다가
어느 비 오는 날이던가
혼자 지나간 바람
그 뒷모습에 관한 소문에 그만
우수수 술렁이고 말았다고
매달리다 흩어진 물방울은
가만히 땅에 몸 드러눕혔다고
돌은 숨결만 하얗게 토해내었다고
바람 지나간 자리

얼굴 돌릴 수 없었다고 부끄러워서
모가지도 뺨도 붉어지는 잎

주파수 맞추기

이 가슴에,
슬쩍 머리 디밀어본 이들은 모두
눈물처럼 기침을 토했다
난청지대에 살면서도 버리지 못한
내 습관 때문이었다
그 풀썩이는 것도 지겨워서
눈 감는 연습 해보기로 했더니
이상했다 들려오기 시작했다

애간장 녹는다는 손짓발짓
지켜보고만 있었는데
부릅뜨고,
들으려하지는 않았는데

몸살

새벽이면 속 쓰려
신물 토해야하는 사람
찾아가서
일으켜 세워 안아주고
등두들이며 따듯한 물 먹여주기

아주 쉬운 노래 부르고 싶어서 온 몸에 열꽃이 피었는데
겨누기 좋아하는 손가락들이 가위표를 하며 까딱댄다 음정
틀리고 박자 안 맞아도 모두 손뼉 치며 몸 흔드는 노래, 아
주 쉬운 노래를 부르고 싶은데

사랑의 방식

스쳐가며 몸 부딪혔을 때
돌아보던 눈길 기억하는 일
스쳐갈 때 떨어지던 땀방울
닦아주지 못했음을 미안해하는 일
스쳐간 후 헤진 앞자락
여며주지 못했음을 부끄러워하는 일

돌아보던 눈길 슬펐다
떨어지던 땀방울
피 흘리는 듯해서 혀를 찼는데
오히려 그대는
조용히 다가와서 내 앞을 가려주었다
멍에를 메고 말없이
자기의 길을 걸어가던 사람아

가스스토브

서늘한 가스 한 모금 들이켜면
밝고 환하고 따뜻해지며 날름거리는
저 요염한 혀
민망해 등 돌려 서 있으면
뜨겁게 등판을 핥아대니
다시 돌아서서 손 비빌 수밖에

서리가 왔는데도
찻물 데울 주전자 하나
준비하지 못해서 미안하다

납득불가

붉어지도록 문질러 봐도
지워지지 않는 벗겨지지 않는
거품 묻혀 씻어내도 풍겨지는
이 냄새들아
보여주며 털어내며 껴안기며
말갛게 될 수는 없단 말이냐
토해지지도 않으면서 부글거리는
이 속엣 것들아

3부

소프라노의 뜰

여전한 소리울림

막 숨을 놓는,
그 뺨을 흔들며 쓰다듬는 손끝으로
눈가에 입술에 머물러 있던
소곤거림이 스며들었다

함께 살던 날들
지루하지는 않았다고
고달프기만 한 것도 아니었다고
앙칼진 소프라노 발성될 때도
그러했다고, 그러했다고

그해 봄의 숲을 지나며

떠나보낼 각오를 했다 울컥거리는 목젖을 문질렀다 묶인 끈 끊겨도 감상주의는 안 된다는 심성의 꺼칠함을 우두커니 바라봤다 도대체 그건 어떤 책을 읽고서 갖게 된 태도였을 까 연합의 시간 다해가는데 오히려 남겨진 것들과의 분리가 더 두려웠다니

살아서 말하는 것보다는 죽어서 말하는 것이 더 많다는 뜻이었을까 제대로 헤아리지 못한 마음의 밑바닥이 을씨년 스럽다.

상사(相思) 3

속에, 괴상한 세포를 키우면서도
한 가닥 퇴로를 만들고 있었다
내가 다시 시를 쓰게 하는 일
그러나 시는 아직 살아나지 못하며 있고
당신은 아주 가버렸다

살려놓고 싶었는데,
이 육체쯤은 더 쥐어짜낼 수 있었는데
무엇으로도 대신할 수 없던 기막힘 따위에
이제 매달려 있을 필요조차 없게 됐는가

그렇게 오랫동안

몇 번의 계절이 더 지나는 동안 태연하게, 그러나 죽도록
앓아야겠지 그 이후에는 멀쩡하게 털어낼 수 있을까 그렇다
한들 창에 어리는 초겨울 황혼을 바라보는 일은 쓸쓸할 것이
다 어떤 빛줄기가 와서 머무는 것도 다시는 허락하지 못하리

어긋난 길을 참 많이도 걸었다 견뎌낼 수 없는 절망은 또
얼마나 많았으랴

그러니 아내여, 이제는 자유스러워지라 그곳에서 아주 편
안해지라

어떤 기억을 추억함

팔딱거릴 만큼 명랑한 시를 쓰라며
건네준 만년필에 새 잉크를 채워본다
접어둔 종이를 펼쳐본다
스며든 습기 여전한데
눅눅한 이 흔적의 건너편에서
당신은 자유로운가

흐린 새벽,
잠들지 못하는 시간이면
함께 햇살 받던 기억 쓰다듬으며
고개 끄덕이는 사람 남았느니

소프라노의 뜰

그대 소리 있던 뜰은 명랑했다

'리릭' 음색 둥글었고 어쩌다 뾰족한 소리가 난다한들 하하하, 우리는 이미 익숙했으므로 태연했던 것이다 그런데 휴지부(休止符)라고?

가을의 저녁이다 뜰 모서리를 적시는 그늘 있어도 공명(共鳴) 남았으니 사람아, 그대 소리 있던 이 뜰은 여전히 명랑하다

낫지 않는 몸살

형식이 뭐 그리 중요하다고

속에 부글거리는 것을
재우지 못해서 쓰다듬지 못해서
부려보는, 억지일 수도 있겠다
힘껏 시를 쓰라고 스스로에게 강요하는 일
그나마 문자의 흔적은 곁에 두고 있으니
이를 무량한 가치라고 우겨대야 할까

마음의 이 기호를 시로 살려놓고 싶다
다만 이 조각들이 머리에서는 내려오기를
오직 가슴에서 익어,
폐부를 흔들며 발성되는 공명이기를

그 바다는

어둑해질 때까지 가라앉아 있으면서 거기 눈길 주지 않는 메마름을 쓰다듬으려는 안타까움 적시려는 출렁거림 감추지는 못하고 있었다 돌아오는 길에도 귀에 눈에 아, 가슴에 감겨들어와 떨어지지 않는 바다의 호흡이 몸짓이 차창에 스며들어왔다 이 침묵 앞에 열은 초록으로 들러붙었다

그대 사랑, 마치 저 바다의 들숨날숨 같았던 것처럼

수신자부담 전언(傳言)

　내려놓으라고?

　조금만 더 지내다보면 온기조차 느끼지 못할 탕진될 그리움이라고?

　거기에는 말기 증상처럼 자리잡아버린 것이 있음을 알고서 하는 말이지?

　텅 빈 곳에 앉아있으면

　목젖까지 물이 차오르고

　한두 개의 장면을 재생하듯 자꾸 들여다보는,

　'이 기억에는 방부제가 들어갔으니 바로 드시거나 나중에 드시거나 냉장처리하시거나 상태는 같습니다.' 와 같은 자막을 느리게 끝까지 읽는,

휴지부(休止符) 가득한 악보를 들추며

　내뿜지 못하는 호흡 차마 삼키지도 못하고 무엇에 대한
형벌인가만을 물으니 음표들이 일어선다 겟세마네에서 대
신 고민하던 그 공명(共鳴)이 살아난다
　악보를 자꾸 넘겨보라며
　'허밍' 으로라도 불러야한다며
　이제 버려야 할 괴로움인 것을,
　납득하지 못하겠느냐며

동면(冬眠)연습

잊히는 것이 두려우면
몰래 눈물 흘리면 될 일이다
아물며 근질대는 것이 지겨우면
북북 긁으면 될 일이다
억지로 잠을 청하며
조지 윈스턴의 피아노 겨울 따위는
듣지도 말 일이다
그리하여 가만히 숨 쉬게 된 어느 날,
돌아보면
어느 먼 곳에 있는 한 사람
잠든 기억으로 남게 될 것쯤은
각오해야 할 일이다

어디에나 있고
어디에도 없는

미망(迷妄)의 사슬

가시철망을 넘듯 절박한 마음
허공을 밟는 이상한 느낌이다
나를 가둔 가시철망 꿈인지도 모르고
꿈속에서 흘리는 진땀
꿈속에서 꾸는 꿈일 수도 있는데
마음속에는 물이 끓는 듯하다

4부

카스트라토가 될까, 떨어진 것들

동병상련

살얼음 서걱대는 새벽에
강을 건너는 사람
옷자락에 얼어붙은 이슬
털어주고 싶다
언 손 잡아 입김 쐬어
호, 불어주고 싶다

이 강을 건너본 기억
누구에겐들 없으랴
우리의 가엾은 엇갈림과
손 놓는 두려움이 출렁이던 곳

센티멘털리즘

사용상의 주의사항
1. 함부로 노출시키지 말 것
2. 혼자 있는 공간에서만 사용할 것
3. 가연성이니 정념 따위를 향해 뿌리지 말 것
4. 사용 후 흔적을 남기지 말 것
특히 남용을 삼갈 것
이는 귀하의 가슴에
치명상을 입히기도 하니까
드물게,
아주 가끔씩

함량미달의 진술서

이 가슴이 치료되는 동안에도
비는 내렸다

젖은 길 그냥 걸어가던 사람은
"모든 것을 명쾌하고 단정적으로 말할 수 있어서 너는 참
좋겠다." 말하며
빗속을 걸었다

그 걸음 따라 걷는 시늉을 하면서도
헛발 딛기를 잘했다
자꾸만, 자꾸만 숨이 찼다

공명(共鳴)은 없다

허튼소리 내지 말자,
고개 꼿꼿이 들고 벨칸토 흉내를 내지만
속에서는 쉬지 않고 저질러지는 간통
혀를 차며 웃으며 닦는 시늉을 하지만
속으로는 물 끼얹는 노력이 아깝다

함께, 몸 떨어보는 일
그 소리울림에 연연치 않기로 했다
이 속에는 여전히
이상한 벌레가 살고 있으니
움켜쥠에 대한 숭배를 자랑스러워하는

허위의식 만세!

고상하신 선생께서 묻기를,
"네 정신의 상(床) 위에는 무엇이 놓였지?"

서푼짜리 콧대였을까
같잖다는 생각에 혀를 차며
이따위쯤은 뛰어넘어보리라 다짐하다가
정녕 보잘 것 없는 차림새라면 걷어야 하는 것 아닌가 반
문하다가
속으로,
겹겹이 껴입고 치밀하게 분장한 인간이 되기를
결심하다

그럴듯한 오진(誤診)

오한으로 몸 떠는 동안
햇살이 살갗을 꿰고 갔다
실핏줄 툭툭, 터졌는데

이까짓 것쯤은 미미한 경상이란다
외과적으로

반성문 제출

똑바로 보지 않았는데요.

고개 까딱이는 습관을 가졌는데요.

굴절되지 않은 시력을 갖고 싶다는 말은 지껄였는데요.

허위라는 것쯤은 알고 있었는데요.

별일을 다 끌어안아 보기는 했는데요.

평생 겪을 일 맛보기라는 출렁다리 위에도 서 봤는데요.

몇 번 현기증 났는데요.

속 뒤틀리다가 차츰 헛된 시각이 버려졌는데요.

순응해보려는 결심으로 귀 쫑긋 열었더니 똑바로 제대로
볼 수 있게 되는 일이 생겼는데요.

뺨에서 떨어진 물방울 고이는 소리, 모습

힘센듯하면서 오히려 약한

약해보인다고 얕봤는데 정녕 튼튼한 살아있는 것들의 들
숨날숨

아무도 모르게 움켜쥐는 주먹 손등의 떨리는 핏줄

그래도 알 수 없는 것이 남았는데요.

살아있는 것들의 갖가지 펄떡거림을 가슴만 아니라 머리
에도 스며들게 해야 한다니, 참 이상한 일이지요?

몇 개의 물음표

—칼에게

네 타고난 성정이
베고 찌르고 휘둘러 무찌르는 것이거늘

썰고 깎고 다듬어 보겠다는 것이냐
저미고 나눠 평평하게 해보겠다는 것이냐
그럴듯해 보이고 싶다는 것이냐
안에 날을 세우고 있는 것은 또 무엇이냐
둥글고 밋밋해지기라도 하면
가엾은 기분에 빠지기라도 한단 말이냐
그래서 곤두서 있어야겠다는 것이냐

제법 서슬 퍼런 척 하는 꼬락서니라니
무딘 몸 갈아 달라 채근하다가
손가락 썽둥 베어 먹은 지금
그 피 맛은 또 어떠냐

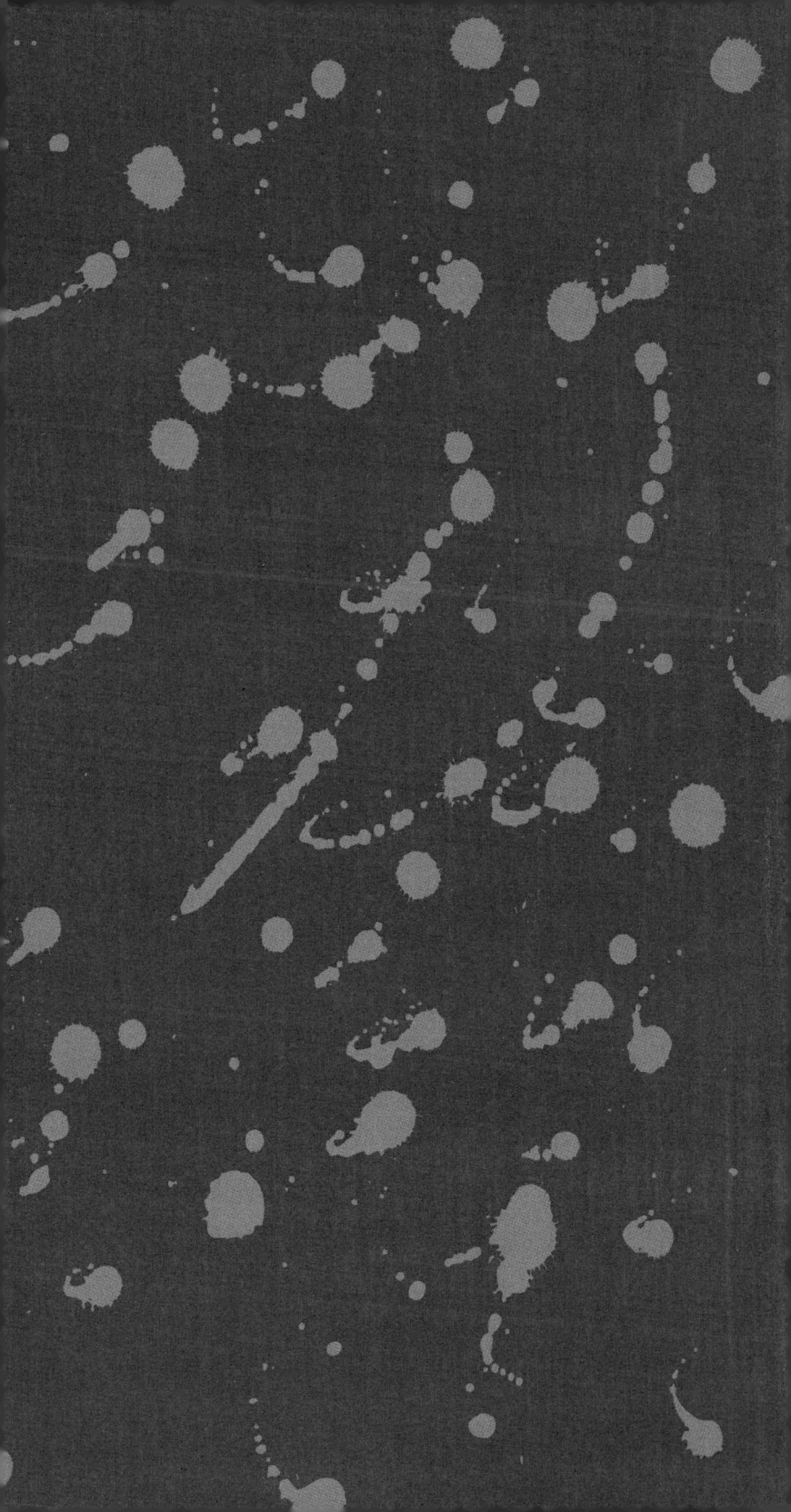

카스트라토가 될까, 떨어진 것들

_포도, 짓무른 껍질의 속

  숨넘어가게 하는 절정의 소리 한 개 얻으려면, 들러붙어
진액 빨아대게 하는 헤픈 것들은 잘라버린대 턱 밀고 머리
는 길러도 허리 아래는 포기해야 한대 솟구치는 소리는 얻
었을지언정 그래서 눅눅함을 아주 지울 수는 없대 그렇대
튼실하고 달고 오도독한 소리 얻으려면 가차 없어야 한대
들러붙어 빨아대며 호흡 어지럽히는 것에 몸 내준 착한 것
은 떨어뜨린대 들러붙는 것에 단호해서 말끔한 것들만 놔둔
대

  얇은 껍질이어서 쉽게 몸 내준 것은 어찌 되냐고?

  이놈은 아예 속살까지 다 뺏겨야 한대 사실은 이 착한 것
이 더 달대 좋은 공명 때문에 무엇이 자꾸 들러붙는대 들러
붙고 들러붙어도 퍼질러 내주다가 먼저 떨어져 썩게 된대
저 단호한 것의 뿌리에, 그 쿼지 솔로*의 매끈함을 받쳐줘야
한대 그렇대

*쿼지 솔로(quasi solo) : 합창에서 혼자 독창하듯 부르는 창법.

73

이젤을 앞에 놓고

몇 개의 소묘, 터치가 어긋났다
한 시절 지나가고 우울해지기 시작했다는 아그리파의 얼굴
을 들여다본다 아가페의 실체는 인정치 않는 표정이다.
햇살 드는 창 옆에 앉힌 것이 어울리지 않는구나, 커튼을 드
리우는데 이런, 우울한 얼굴은 울상이 된다 이 마음까지 어
두워진다
돌아보니 같잖은 줄리앙, 비아냥대는 미소로 목을 튼다 고
민도 없고 매끈해 보이는 뺨이 아니꼽다

몇 개의 소묘, 터치는 어긋난다
펜슬 움직일 길 흔들려버렸다 햇살 몸 가득 빨아들여야겠다
되고 안 됨의 음영을 분명히 해야겠다
어디에 앉아있어 본들 쉼은 없다는, 거부당한 이 세상의 세계
에서는 에로스를 추종하는 저놈 저 줄리앙의 수단에 기대야
한다는, 들여다보면 참으로 볼만한 것이 가득하다는, 그 매끈
거림 속에만 쉼이 있다는, 그따위 야유는 무찔러버리면서

74

코스모스 일기

선한 햇살 내리던 늦여름 오후였는데요
그 다가섬이 정겨워 들떠버렸는데요
바람난 것 같았는데요
살랑, 분홍 뺨 내밀며 간들거려봤는데요
어울리지 않는 듯해서 붉어지기도 했는데요
시샘하는 못된 바람 덤벼들며 힘자랑 했는데요
납작 엎어졌는데요
옆에는 해바라기 하나 서 있었는데요
햇살만 바라보는 커다랗고 노란 얼굴에서 툭툭, 거무스레
한 진땀 떨어졌는데요
글쎄, 딱하기도 하지, 허리가 꺾여도 얼굴은 여전히 햇살
향해 있었는데요
높이 올라가 멀어진 하늘이니 뺨 대보는 시간 줄어들까 봐
그랬다는데요

흔드는 대로 흔들리고
다가서는 대로 살랑거리던 이 마음은
서늘해지고 말았는데요
얼굴 하얗게 돼버렸는데요

시달림 당하면서도 저것은
버리지 않고 품어야할 것들을 속에 가득 채우고 있지 않겠
어요?

해바라기

_언제와 어디의 사이에서

봄 무르익었으니 싹 틔어야 했는데
몸 부풀어 터뜨려져야 했는데

기다리라는
고개 가만히 들어보라는
견뎌내고 있으라는 소리 들렸어요
햇살 더운 숨결로 덮쳐왔고

목뼈 곧추세우고 있었는데
뺨 그을리는 것 참고 있었는데

서늘한 바람 또 불어왔어요
뺨 쓰다듬기에 갸우뚱, 고개 돌려버렸어요
들떴던 속내 노르스름 불그스름 그러다가 거무스름해져버
렸어요
고개 점점 숙여졌고
애태우며 타들어가던 간절함만 톡, 톡, 튀어나오기 시작했
어요
이상했어요

이유는 다만 비상(飛翔)에 있었을 뿐

후후, 불어보며 즐거워했죠?
민들레 홀씨라며 신기해했죠?

그 부추김에 덩달아 들떠버렸죠
어디로 갈지 정하지도 않은 채 몸 내밀었죠
휩싸 안는 숨결이 또 풀풀, 거렸죠
어디로 가려는지 자꾸 물었죠
그 치근덕거림 낯설어서 몸 뒤집었죠
어디로 갈지 정하지도 않은 채 혼자 떠올랐죠

동면을 재촉한 바람 잎

_의지와 표상으로서의 세계 2

　씨앗 뿌릴 생각은 하지 않았으니,

　손 저을 필요도 없었다 바글거리는 부푸러기를 바라볼 뿐이었다

　제대로 챙기지 못한 꼴좋다고 부푸러기 하나가 피어올랐다 챙겨줄 줄 모르는 꼴은 더 좋다고 다른 부푸러기가 따라 올랐다 또 다른 하나가 어찌할 테냐고 마음바닥에서 바삭거렸다 이제라도 끌어안으라며 들러붙었다

　마지 못하는 시늉을 해야 했다 딱한 일이 벌어졌다 살아날 수 있다고, 버리지 못한 습관들이 바글거리기 시작했다 속을 헤집어댔다 조금 남은 습기를 빨아댔다

　또 설렐 수 있기를 바라는 이기심이라고

　다시는 싹 밀어낼 기운도 없다고

　속 뒤집어 보였는데

　바글거리는 것들은 그냥 봄으로 얼굴을 돌려버렸다 그 낯짝들 위에 투둑, 투둑 빗방울이 떨어졌다

　빌어먹을 습관은 여전했다 또 침 꼴깍 삼키면서 다시 싹 틔워보겠다고, 남은 것 모두 빨려도 할 수 없다고 속 푹푹 썩이며 고개 주억거려야했다

빌헬름 마이스터의 수업시대

_서리 한 움큼 끌어안으며

　새벽, 산에 올랐다 내려앉는 것들이 엉겨 붙고 있었다 누가 일구던 텃밭이었을까 꽃밭이었을까 깨꽃 흩어진 자리에 하얀 입김 돋아 있었다 마음껏 들이켰던 숨결을 차게 뿜어 낸 것처럼 보였다 바닥에 떨어진 것들이 발효되든 숙성되든 상관없다는 듯했다 그럴 수 있다고 고개 끄덕여주고 싶었다 허리까지 그 호흡이 느껴졌다

　기지개를 끝낸 햇살이 웃기 시작했다 올올이 맺힌 사연이 발효되어 숙성되든 부패되다 말라비틀어지든 상관하지 말라는 태도였다 반갑지는 않았다 그리고 아무 말도 하지 않았다는 내용도 알지 못하는 소설 제목을 떠올렸을 뿐이었다

파도에 시달려도

송정 밤바다에 발 넣었다
속에 뭉친 것 휘젓듯
작은 파도가 덤벼들었다
딛고 선 자리 모래까지 제멋대로 핥아
움켜쥐고 갔다
뒤꿈치 가라앉혔다
파릇 돋아 떨던,
감겨들다 잦아들던,
오래 전 그 속살의 기억 되살려냈다

껍질 뚫지도 못하면서
이 가슴만은 습습(濕濕)하게 보았을까
오금에 힘을 줬어도
부딪다 잦아듦 아랑곳 않던,
움켜쥐어달라며 닿아 몸 떨기만 하던,
슬픔의 촉각 떠올리게 만들었다

이 심장의 맥박
여전히 석고 발린 것 같은데
다시는 두근거리지 않을 것인데

모과 향에 묶인 사연

톡 쏘는, 그럴듯한 것만 찾았는데요 많이 두리번거려 봤는데요 같잖은 이 눈썰미 채워주는 것은 없었는데요 뭐 속상해하지는 않았는데요

어찌하다가 모과 하나를 얻었는데요 매끈하기는커녕 무덤덤하기까지 한 속내를 들여다보게 됐는데요 눈빛 디밀어 볼 길 찾은 것 같아서 좋기는 했는데요 요란하지 않는 몸매라도 꼭 끌어안아보라는 신호도 받아들였는데요 그럴듯한 것만 찾으며 도리질하는 습관은 미처 다 치우지 못한 참이었는데요

그래서 어찌할 테냐고 아, 글쎄 저놈의 모과香, 정말 보잘 것없는 품새로 아무렇잖게 쳐들어오지 않았겠어요? 얼떨결에 들이마셨다가 취해버리지 않았겠어요? 눈썰미 앞에 날리던 헛바람도 재워버리지 않았겠어요?

그제야 거리낌 없이 들이마시게 된 이유를 깨달았는데요 겉 내세우지 않는 것의 은은함에 빠지게 되리라는, 당연히 이 호흡의 들숨날숨이 되리라는 믿음이었는데요

그랬으니 저것의 저 몸통을 더 바짝 끌어안아봐야 하지 않겠어요? 그 속내에서 토해놓는 것들을 제대로 들이켜 봐야 하지 않겠어요? 이런 당당한 향기 품을 수 있는 까닭을 캐봐야 하지 않겠어요?

그러려니, 그러려니

마음을 뒤집어봐야겠다
아무리 생각해도 그래야겠다
속에 가둬 눌러두려던 것들
한번 흔들어봐야겠다
반듯해 보이려는 매무새
출렁이지 않으려 묶어둔 심사
다 쏟아내야겠다

갇힌 것들 가둬둔들
제멋대로 튀어나오고
눌린 것들 눌러둔들
턱없이 솟구치기도 하니

이 생겨먹기의 덧없음
그러려니, 그러려니

차라리 마음을 뒤집어버려야겠다

'시'로 돌아온 '아내'의 못 다 부른 노래들

류기봉(시인)

포도농사 지으랴, 시 쓰랴 정신없는 틈에도 나는 교회에서 성가대 활동을 합니다. 출석하는 교회의 성가대원 중에는 또 한 사람의 시 쓰는 사람이 있습니다. 박정규 시인입니다.

지난 가을 나는 포도를 수확하느라 한동안 성가대를 쉬어야 했습니다. 자연히 그와도 멀어져 있었습니다. 바쁜 가을을 보내고 교회 성가대로 돌아왔을 때 시집의 발문(跋文)을 부탁받았습니다. 내심으로는 강력히 거절하고 싶었습니다. 그러나 발문 다 썼냐고 물어올 때마다 "시를 안 쓴 지 2년 반이 되었다. 그래서 감각이 떨어진다. 지난해에 산문집을 내서 에너지를 다 소진하였다"며 핑계를 대거나 둘러대기 바빴습니다. 그렇지만 이것은 다 변명에 불과합니다. 지금에서야, 실토하지만 박정규 시인을 가장 잘 알면서도 그에 대해서 제대로 아는 것 또한 없었기 때문입니다. 더구나 이번의 시집은 사별한 아내를 아쉬워하고 그리워하는, 슬프고 애절한 연가이기에 선뜻 나설 수 없던 이유가 크다고 할 수 있을까요. 그렇지만 그의 시를 기다려온 나로서는 결국 써야만 했습니다.

사실 그(우리는 장현교회에서 할렐루야 성가대를 섬기는 같은 대원입니다. 사회적, 교회적으로 나보다 더 경륜이 많다고 할 수 있는 분을 '그'라고 표현하는 일에 대해서 혹시 마음 상하는 독자가 있다면 죄송하지만, 그러나 나는 누구보다 박정규 시인을 존경하고 사랑합니다)는 두 번째 시집을 준비 중이라고 나에게 귀띔을 한 적이 있습니다. "오호

라, 그럼 이번 시집은 사별한 아내에 대한 연가이겠구나."
짐작해보면서 그의 작품이 어떻게 변모 되었는지 궁금하기
도 하였습니다. 그런 내게 발문을 쓰라고 했으니 혼자 품고
있던 주관성이 난처했을 수밖에요.

솔직히 고백하건대, 나는 그의 첫 시집 『별은 아스피린이
다』의 제목과 표제시를 읽고 매우 신선한 충격을 받았습니
다. 어린 시절 프랑스 소설가 알퐁스 도테의 별을 읽고 한없
이 감흥에 젖어 있었던 것과 같은 감정을 한참이나 떨쳐 버
리지 못하였으니까요.

그 첫 시집은 아내를 위해서 아무것도 해 줄 수 없는 무력
한 시인의 막막한 외침들입니다. 첫 시집이 나올 당시 그의
아내는 불치의 병에 걸려 투병 중이었습니다.

전에 나는 시인이 내게 내민 첫 시집을 받아 들고 한동안
눈물에 젖어 있어야 했습니다.

"아내는 나의 마음 속 별이다. 별은 곧 천사인 아내
다. 아내는 천사다."

현대인들에게 만병통치인 양 쉽게 쓰이던 아스피린이 시
인에게 있어서는 마음으로만 병을 치유할 수 있는 사랑이
됐던 것입니다.

그대 소리 있던 뜰은 명랑했다

'리릭' 음색 둥글었고 어쩌다 뾰족한 소리가 난다한
들 하하하, 우리는 이미 익숙했으므로 태연했던 것이다
그런데 휴지부(休止符)라고?

가을의 저녁이다 뜰 모서리를 적시는 그늘 있어도 공

명(共鳴) 남았으니 사람아, 그대 소리 있던 이 뜰은 여
전히 명랑하다

위의 시는 박정규 시인의 두 번째 시집에 표제시로 들어
가 있는 〈소프라노의 뜰〉입니다. 이제 나는 박 시인과 그의
아내 이야기를 해야겠습니다. 왜냐하면, 시인의 아내 김화
숙 집사는 이 시집의 중요한 화자(話者)이기 때문입니다.
그러니까 10여년도 훨씬 더 지난 때부터의 이야기를 한번
들어주시기 바랍니다.

신입대원이 한동안 없어 무료하고 적적했던 우리교회의
성가대에 어느 날, 한 부부가 들어왔습니다. 바로 박정규 시
인 내외였습니다. 이 부부는 테너와 소프라노 파트에서 봉사
를 하게 되었습니다. 처음 대하는 노래를 악보만 보고도 부
를 수 있는 시창(視唱)능력이 있는 사람들이었습니다. 이때
는 쓰는 일에 있어서 등단 전이었고, 나보다 나이도 많았습
니다. 그러니까 나는 그가 시를 쓰고 있으리라는 생각은 하
지도 못했다는 말입니다. 그런데 한참이 지난 나중에 알고
보니 이미 오래 전부터 글을 쓰고 있는 사람이었습니다. 때
로는 예상치 못한 거침없는 농담도 잘하는 분위기메이커였
습니다. 아내와 함께 그렇게 활달하게 교회를 섬겼습니다.

남양주시 양지리에서 FRP제품과 물탱크 만드는 공장을
하고 있었는데, 그렇게 큰 물탱크를 제작해서 옮기고 설치
하는 일은 내가 봐도 여간 힘든 일이 아니었습니다. 그런 그
의 공장으로 어느 날은 성가대 대원들을 초대해서 삼겹살
파티를 열어주기도 했습니다.

여유롭지는 않았지만 그의 가정이 참 행복해 보였고, 그
때가 그의 행복이 절정기였는지도 모르겠습니다.

IMF를 거치는 동안 그에게도 많은 변화가 있었습니다. 첫
번째 변화가 적극적인 시 쓰기였고, 두 번째는 사업에서의

어려움이었습니다.

그는 내가 시를 쓰는 걸 어떻게 알았는지 가끔씩 내게 좋은 시집 있으면 달라고 하였습니다. 어렸을 때부터 그의 선조부께서는 아무것이나 마구 읽는 이 장손자의 서독(書毒)을 경계하셨다는데……. 나 또한 그가 시를 포함한 여러 가지를 지나치게 읽기 좋아하는 독자로만 알고 있었습니다. 그래서 가끔 내가 보던 잡지며 시집을 건네기도 했는데 그런 얼마 후의 어느 주일날, 그는 내게 등단지 한 권을 내밀었습니다. 실로 놀랐습니다. 내게 한마디 귀띔이라도 해 주었으면 좋았으련만. 그는 나를 감쪽같이 따돌리고 나보다 많이 늦게, 그리고 나보다 많은 나이에 시인으로써 문단에 나왔던 것입니다.

신은 두 가지 영광을 주지 않는다고 했던가요. 그가 시인이라는 명패를 받았을 때 그에게는 사업이 기울어져 있는 또다른 낭패가 기다리고 있었습니다. 설상가상으로 직원들 작업을 돕다가 현장옥상에서 추락하는 사고가 있었고, 등뼈가 골절될 만큼 크게 다쳐서 오랫동안 병원 신세를 져야만 했습니다. 가업도 많이 기울었습니다. 그간 이사도 몇 번 하였습니다. 이런 상황에서 그는 미치도록 시에 매달렸고 그럴수록 세상 뒤편으로 자꾸만 미끄러져 가는 듯 하였습니다.

일주일에 한 번 성가대에서 마주치는 그의 눈빛은 많이 지쳐 있었습니다. 그늘이 느껴졌습니다. 긍지가 강한 사람이었으니 어쩌면 혼자 더 괴로워했을지도 모릅니다. 그때 내가 본 시인 박정규는 희미하게 자기 빛을 잃어가고 있었습니다.

소프라노인 그의 아내도 여기저기 일을 찾아야 했습니다. 꾀꼬리처럼 맑고 밝은 목소리를 자랑하던 사람에게 이때부터 많은 변화가 있는 듯 보였습니다. 일주일에 한 번 하는 성가 연습을 힘들어했고, 언뜻 언뜻 노래에 묻어 나오는 그의 고단함을 소프라노 석(席)을 마주하고 앉은 나는 자주 느끼게 되었습니다. 동상동몽(同床同夢)이었을까요. 나 역시 변변치 않은 농사라는 직업으로, 또 시 쓴네, 하는 까닭으로 사회의 냉대 속에 있었으니 내 아내와 김화숙 집사는 서로에게 안부를 묻고 용기를 북돋아주는 사이가 될 수밖에 없었습니다(그때 그들끼리는 실컷 시인 남편들에게 강한 카운터펀치를 날렸으리라).

더 안타까운 일은 악마가 서서히 이 소프라노의 목소리를 빼앗아가기 시작했다는 것입니다. 간신히 병원에서 병을 알아냈지만 이미 때가 늦어 있었습니다. 여성에게만 생기는 암이었습니다. 자꾸만 음색을 잃어 갔습니다.

점점 맑은 소리를 잃어가는 것을 염려한 대원들이 만류했어도 그러나 시인의 아내는 열심히 연습을 했습니다. 찬양 드리기를 원했습니다. 그러나 끝내 목소리를 돌려받지 못한 채, 하나님의 부르심에 우리들 곁을 떠났습니다.

내가 성가 연습을 하지 않고 미꾸라지처럼 잘도 빠져 나갈 때, 이 소프라노는 얼마나 애절한 마음으로 자기의 자리에 서서 노래를 부르고 싶어 했을까요.

> 나무이기를 고집하던 이 지겨움
> 흔들어버린 것에게 결국
> 속내 드러내야만 했다는데
>
> 풀잎이었다고
> 누렇게 들떠도 할 수 없다고
> 끝내 기둥이기를 포기한 까닭,
> 강바람 타고 온 햇살의 기이한 살랑거림에
> 흔들려버린 때문이라고
>
>   -〈가을 갈대〉 부분

이제 간단하게나마 박정규 시인이 쓰는 시를 이야기해야 겠습니다. 해설이 아니기에 그의 시를 많이 인용하고 세상의 여러 이치에 접목시키지는 않으렵니다.

그의 첫 번째 시집이 투병중인 아내에 대한 애틋한 연민이었다면, 이번 시집은 사별한 아내를 그리는 애절한 연가입니다. 시가 현실에서 내세로 공간을 이동한 것이지요. 시의 행간 행간마다 슬픔과 그리움이 벅차오릅니다.

"세상에⋯⋯. 무슨 시가 이처럼 비에 젖은 것처럼 축축하다니⋯⋯."

그렇게 그의 시는 슬픈 몸짓으로 내 몸 속에 걸어 들어왔습니다.

객관성을 찾아야 했습니다. 나는 애써 가슴 아픈 그의 시에서 벗어나려고 밖으로 나왔습니다. 왕숙천(王宿川) 둑을 걸어봤지요. 그러나 웬 걸, 둑에도 시인의 슬픈 형상이 여기저기 도사리고 있었습니다.

시인은 1차원의 자연 즉 풀, 나무, 햇살, 바람에서 아내의 형상을 찾고 또 지우려고 애씁니다. 이것은 우리 민족이 공통으로 가지는 한(恨)의 정서이기도 하지만 이러한 과정 즉 정신적, 육체적 고통을 잘 인내하고 승화시키면 사람의 객체는 한 순환의 고리를 마감하고, 한 차원 높은 형태로 전이하므로 사람에 따라서 예전보다 사회성이라든지 문화성이 더 반등될 수 있습니다. 그래서 나는 그의 두 번째 시집을 더 기다렸는지 모릅니다.

시인을 과거에서 현재로 또 현재에서 미래로 반전 시켜줄 수 있는 객체는 그가 애착을 갖는 자연에 널려 있다는 것을 나는 그의 시 발문을 쓰면서 깨달을 수 있었습니다.

결론적으로 말한다면 박정규 시인의 두 번째 시집은 강력한 자연회귀입니다.

그의 시는 이제부터 다시 시작이라고 할 수 있습니다. 그는 사물의 내부를 들여다볼 수 있는 눈을 가졌고, 자연을 구원할 수 있는 사랑을 터득한 사람이기 때문입니다. 이번 시집에서는 그게 큰 수확입니다.

나처럼 시인의 입장에서 보는 그의 시는 유리 속처럼 잘 보입니다. 착한 자연의 성질을 가슴에 품었습니다. 그러나 잘못하다가는 긴장감과 치열함을 놓칠 수 있습니다.

앞으로 그의 과제는 사물의 본질을 예리한 눈으로 꿰뚫어 본 박정규만의 이미지를, 그 특질에 대한 가장 합당하고 치열하고 긴장감을 줄 수 있는 표현의 방법을 계속 찾아야 할 것으로 여겨집니다. 이 단계를 넘어선 것 같으면서도 가끔은 그의 시에서 일방성이 나타나는 까닭입니다. 많은 시인들이 진일보하지 못하고 주저앉은 이유가 여기에 있습니다. 그러니까 이 모든 것은 박정규 시인 스스로 감당해야할 과업입니다.

잘 견뎌냈다
얼굴 잔주름 좀 늘었다
보는 눈길, 다를 수 있다,
인정하고부터 거기
굴곡이 멋대로 패이기 시작했다

시야에 넣는 초점의 간격
점점 멀어지고
서로 무엇을 자꾸
빠트리는 듯하지만
포기를 인정하고부터
훤해지는 머릿속
        - 〈계절이 바뀌는 동안〉 부분

산수유 꽃 몽우리가 마침내 터졌다는 전갈이 남녘에서 왔습니다.

이 시집이 부디 꾀꼬리처럼 맑은 목소리의 아내를 둔 남편들에게 많이 읽혔으면 좋겠습니다. 욕심 같아서는 한 권씩 사서 꽃씨 나눠주듯 사람들에게 나눠 주고 싶기도 합니다. 이처럼 가슴을 울리는 애절한 연가를 나는, 내가 살아온 하늘 아래서 들어본 적이 없었으니까요.

"박 집사님. 그렇게 사랑하던 부부의 관계성이 해체된 슬픔을 잘 견뎌줘서 고맙다는 말을 전합니다. 그리움의 산물인 시집은 김화숙 집사님을 대신해서 늘 불러야 할 노래인 것 같군요. 그 분은 소프라노이었으니 이 끊이지 않는 공명에 힘찬 테너 음으로 화성(和聲)을 만들어 주십시오. 이것은 지상의 즐거운 노래를 다 부르지 못하고 하늘로 간 아내를 위해서 시인이 해야 할 배려이며 하나님의 명령일진대."

• 저자약력 •

박정규   1956년 서울 출생
총회신학대학원에서 신학수업
2000년 文藝思潮 문단 데뷔
순수문학인 협회 이사

• 주요논저 •

시집『별은 아스피린이다』(도서출판 새벽, 2003)

소프라노의 뜰

- 초판인쇄: 2007년 5월 8일
- 초판발행: 2007년 5월 8일
- 지 은 이: 박정규
- 펴 낸 이: 채종준
- 펴 낸 곳: 한국학술정보㈜
  경기도 파주시 교하읍 문발리 파주출판문화정보산업단지 526-2
  전화 031)908-3181(대표) · 팩스 031)908-3189
  홈페이지 http://www.kstudy.com
  e-mail(출판사업부) publish@kstudy.com
- 등　록: 제일산-115호(2000.6.19)
- 가　격: 9,000 원
- I S B N : 978-89-534-6713-2 93810 (Paper Book)
  978-89-534-6714-9 98810 (e-book)

본 도서는 한국학술정보 (주)와 저작자 간에 출판권 및 전송권 계약이 체결된 도서로서, 당사와의 계약에 의해 이 도서를 구매한 도서관은 대학(동일 캠퍼스) 내에서 정당한 이용권자(재적학생 및 교직원)에게 전송할 수 있는 권리를 보유하게 됩니다. 그러나 다른 지역으로의 전송과 정당한 이용권자 이외의 이용은 금지되어 있습니다.